P9-CIV-436

El Gallo de Bodas

Un cuento
tradicional
de Cuba

Relatado por Lucía M. González
Ilustrado por Lulu Delacre

SCHOLASTIC INC.
New York   Toronto   London   Auckland   Sydney

No part of this publication may be reproduced in whole or in part,
or stored in a retrieval system, or transmitted in any form
or by any means, electronic, mechanical, photocopying, recording,
or otherwise, without written permission of the publisher.
For information regarding permission, write to Scholastic Inc.,
555 Broadway, New York, NY 10012.

ISBN 0-590-53842-X

Text copyright © 1994 by Lucía M. González.
Illustrations copyright © 1994 by Lulu Delacre.
All rights reserved. Published by Scholastic Inc.
MARIPOSA and the MARIPOSA logo are trademarks of Scholastic Inc.

12 11 10 9 8 7 6 5 4 3 2 1   5 6 7 8 9/9 0/0

Printed in the U.S.A.   14

First Scholastic printing, October 1995

Designed by Marijka Kostiw

Lulu
Delacre's
art was done
in mixed media;
watercolor with
colored pencils
and gouache.

PARA ANNIE,
que le gustan tanto los cuentos.
PARA MORO Y MIS PADRES,
por su apoyo y amor.
L.M.G.

PARA MARTA ELENA Y BRAD,
los recién casados.
L.D.

ÉRASE UNA VEZ
un gallito mandón
que iba a la boda
de su tío el perico.
Muy elegante y limpiecito
andaba el gallito cuando divisó
dos granitos de maíz amarillitos
y relucientes, en medio del lodo
a la orilla del camino.

El gallito se detuvo y pensó:
　　—¿Pico o no pico?
　　　Si pico me ensucio el pico
　　　y no podré ir a la boda
　　　de mi tío Perico.
Sin pensarlo dos veces
picó y se ensució el pico.

Más adelante vio la yerba
que había al otro lado del camino.
Entonces le dijo a la yerba:
— Yerba, límpiame el pico
para ir a la boda
de mi tío Perico.
Pero la yerba le contestó:
— ¡No te lo limpiaré!

El gallito entonces fue
a donde estaba el chivo y le ordenó:
　　—Chivo, cómete la yerba
　　　　que no me quiere limpiar el pico
　　　　para ir a la boda
　　　　de mi tío Perico.
Pero el chivo, al que no le gustaba
que lo mandaran, contestó:
　　—¡No me la comeré!

El gallito camina que te camina
se encontró al palo y le mandó:
    —Palo, pégale al chivo
        que no quiere comerse la yerba
        que no me quiere limpiar el pico
        para ir a la boda
        de mi tío Perico.
Pero el palo le contestó:
    —¡No le pegaré!

El gallito entonces vio al fuego
que ardía entre un matorral cercano
y le exigió:
      —Fuego, quema el palo
        que no quiere pegarle al chivo
        que no quiere comerse la yerba
        que no me quiere limpiar el pico
        para ir a la boda
        de mi tío Perico.
Pero el fuego le contestó:
      —¡No lo quemaré!

Andando muy apresurado, el gallito
se acercó al chorro de agua y le exigió:
    —Agua, apaga el fuego
        que no quiere quemar el palo
        que no quiere pegarle al chivo
        que no quiere comerse la yerba
        que no me quiere limpiar el pico
        para ir a la boda
        de mi tío Perico.
Pero el agua le contestó:
    —¡No lo apagaré!

El gallito no sabía que más podía hacer.
De repente se fijó en el sol que lo miraba
con una sonrisa desde el cielo. Él era su amigo.
El gallito siempre lo despertaba con su canto
tempranito en la mañana.

  —Sol, por favor, seca el agua
   que no quiere apagar el fuego
   que no quiere quemar el palo
   que no quiere pegarle al chivo
   que no quiere comerse la yerba
   que no me quiere limpiar el pico
   para ir a la boda
   de mi tío Perico.

Y el sol le contestó:

—¡Con gran placer!

Al escuchar al sol, el agua con temor dijo:

　　—Perdón, yo apagaré el fuego.

Y el fuego dijo:

　　—Perdón, yo quemaré el palo.

Y el palo dijo:

　　—Perdón, yo le pegaré al chivo.

Y el chivo dijo:

　　—Perdón, yo me comeré la yerba.

Y la yerba dijo:

　　—Perdón, yo te limpiaré el pico.

Y así lo hizo.

El gallito le dio las gracias a su amigo
el sol con un largo:
　　　—¡QUI-QUI-RI-QUÍ!

. . . y siguió su camino apuradito para llegar a tiempo a la boda de su tío Perico.

SOBRE EL CUENTO

Durante mi niñez en Cuba, crecí escuchando los cuentos de mi tía abuela Nena. Las noches en el campo, sin luz eléctrica, eran impenetrablemente oscuras y silenciosas. Todas las noches nos sentábamos a su alrededor para escuchar sus cuentos y sus experiencias. "El gallo de bodas" era uno de mis cuentos favoritos y yo le pedía que me lo contara una y otra vez. Desde entonces nunca lo he olvidado.

Diferentes versiones de este cuento llegaron a Cuba, y a otros países de Latinoamérica, desde España, hace mucho tiempo. "El gallo de bodas" es la versión cubana. Hoy es uno de los relatos infantiles más populares en Cuba. Es mi esperanza que cuentos tradicionales como "El gallo de bodas" se les sigan contando a nuestros niños en los Estados Unidos.*

Sobre el gallito mandón

Siempre que hay varios gallos en un mismo corral, uno de ellos se establece como jefe de la cría. Para lograr su supremacía, este gallito debe ser bravo y ganar muchas peleas.

Los gallos de pelea son muy populares en los pueblos hispanos del Caribe. Los hombres se enorgullecen de la valentía de sus gallos, y les componen versos y baladas. Son los aristócratas de la cría.

Sobre el perico

Los pericos son animales domésticos muy comunes en los países latinoamericanos. Generalmente se distinguen de los periquitos, los loros, las cotorras y los guacamayos por su tamaño y por el color de su plumaje.

*Existen diferentes versiones de este cuento popular en varios países. Una de ellas es conocida como "La vieja y el cerdo". Otra versión es una de las canciones tradicionales de Passover, "Had Gadya," que se supone tiene sus orígenes en una canción de cuna francesa que data de hace varios siglos.

SOBRE LAS ILUSTRACIONES

Desde la primera vez que leí la versión de "El gallo de bodas," de Lucía González, quedé encantada. Poseía un indiscutible sabor cubano que me pareció debía representar en las ilustraciones. De modo que decidí situar el cuento en un lugar de Miami conocido como *Little Havana*. Tomé cientos de fotografías de las calles, de una boda, de la gente, y de los pájaros, fotos que me ayudaron a darle verdadera autenticidad al arte.

El reparto

Todos los pájaros que aparecen en las ilustraciones son moradores del área de Miami; muchos de ellos son aves migratorias.

El gallito — Gallo de pelea
La novia — Gran garza blanca
El novio — Perico de anillo rosado
La madre de la novia — Tucanilla esmeralda
El padre de la novia — Paloma codorniza roja
Las damas de la novia — Loras de sol y periquitos
La peluquera, el chófer, los fotógrafos, y el
    dueño del cafetín — Flamingos rosados
Los jugadores de dominó — Paloma codorniza
    roja, paloma de Key West, y tórtola de anillo
El sacerdote — Águila americana de cabeza blanca

El escenario

El gallito mandón se pasea por la Calle Ocho en *Little Havana*, el corazón de la comunidad cubana de Miami.

    La iglesia representada es *Plymouth Congregational Church*, construida en el año 1917. Su diseño es imitación de una antigua iglesia en Misión, México. La puerta principal data del siglo XVII y proviene de un monasterio en Europa. La iglesia es de piedra coral y está localizada en *Coconut Grove*.

Las tradiciones y la cultura

Mantilla de blonda — Esta mantilla de encaje se utiliza durante la misa de velaciones. La mantilla la prenden dos damas, seleccionadas con anterioridad, sobre la cabeza de la novia y los hombros del novio una vez que la pareja ha intercambiado los anillos. Representa la unión eterna de los cónyuges.

Juego de dominó — Este juego de mesa es uno de los más favoritos entre los hombres cubanos. En el "parque del dominó," en plena Calle Ocho, se reunen amigos para conversar y jugar como solían hacerlo en Cuba.